vine and tea

by max stein

cover art by joe goose

vine and tea

this book is dedicated to all my fellow fans of vine

2013-2017

shower time
adderall
a glass of whiskey

and diesel jeans

bitch called me ugly
i said
bitch where

she said under all that makeup
i said

bitch WHERE

hey i'm lesbian

i thought you were american

vine and tea

happy birthday raven

i can't swim

what the fuck is up, kyle
no
what did you say, dude
what the fuck, dude
step the FUCK up
kyle

welcome to bible study
we're all children of
jesus

snorting coke

kumbayyyyaaaa my lord

yes
she is a bitch

B-I-C-T
H

i would jump off a bridge for nash grier

i would jump off a cliff for nash grier

hell
we would jump off a plane
for nash grier

ah fuck

i can't believe you've done this

miss keisha?
miss keisha??
miss keisha???

oh my fuckin god
she fuckin dead

so is like this gonna be a thing
me and you

uhh

uhhhh

MY DICK FELL OFF

vine and tea

for all those haters out there
suck my ass
cuz your no
good and better than everybody else

bitch
huh-huh

why you mad
cuz my pussy pops severely

snaps

and yours don't

somebody sayin some dumb shit
look at em like this
and say

shut the fuck up
higher tone
shut the fuck up
higher tone
shut the fuck up

country boyy
i love youuuu

sticks tongue out

ehhhhll

my main goal
is to blow up
and then act like i don't know
nobody

laughs with shark teeth

max stein

xoxo

gossip girl

sku

uh

huuuuuuu

max stein

kim and collin
run in here and
come get y'all juice

smashes oven

shit

oh yeah
and second of all
you're
disrespect
you're dis-respecting
a future u.s. army soldier

slumpty dumpty fell off a wall

slumpty dumpty had a great fall

gasps

i think i know more
about american girl dolls
than you do
genius

i fuck way more bitches than you
yo what are you talking about

melodically

fuck no baby

vine and tea

she threw pizza in my fucking face

wait hold on
hold on

where y'all got pizza from

hop
hop
hop on that horse
hop on that horse

ya gotta
hop on that
hop on that
hop on that hooorse

vine and tea

my diamond earring
came off in the ocean
and it's gone

kim, there's people that are dying

i spilt lipstick in your
valentino bag

you spill-
whagwahguwah

lipstick?
in my valentino
white bag

oh my god
where are your pants from

i don't know

here
what's the tag say

your finger's in my butt crack right now

nate how are those
chicken strips

fuck ya chicken strips

fuck ya chicken strips

oh my guh
oh my gawd
he on x games mode

have y'all tried these

boys hot

eats chile limón dorito

oooohh oouooo ehhh

she think i'm cute
she wanna have sex

oh my god
i love chipotle

chipotle
is my life

i'm friends with the mon-

call me oj sways hips

max stein

i hate my mom tellin me
to go to bed

shut the fuck up

vine and tea

that fufu lame shit
i ain't wit it

i send some shots
at yo fitted

gratata

swag bitch

magcon is my bae

yeahhhhh

magcon is my day

yeahh

chicken wing
chick chick
chicken wing

chicken wing
chick chick
chicken wing

chick chicka chick

bitches be thinkin
they too muthafuckin hard
tryna announce

'when i see you imma fuck you up'

bitch
fuck me up

PLEASE

girl
you're thicker than a bowl
of oatmeal

points in handcuffs

mom
get my nuts

GET MY NUTS

i don't what y'all-
AAAAAHHHHHHHHH

YOU BETTER STOP
STOP

BITCH STOP
STOOOOOP

i don't need friends
they disappoint me

when you hear that heart snap

clap

it means you're done

did you hang out with beth last night?

you know
yeah i did

oh i love beth

you hate beth

YEAH NO SHIT
HONEY

vine and tea

next time you fuckin
put a hand on me
imma fuckin rip your face off
BITCH

what did he do?

cuz he fuckin pushed me

max stein

i got it
yes bitches

chocolate vanilla swirl
with cookie crunch
pleath

part one

i was walking down the street
and this is what i saw

a dead rat in a cracker
lets poke it

max stein

all it takes
is three claps

BITCH
YOU BETTER HAND ME
THE MOTHERFUCKING BATON
RIGHT
NOW

max stein

hey
i want to be famous

girl, bye
you ugly as fuck
you look like my foot
aahhhhhhh
execute yourself

max stein

slides down ramp

good evening

a potato flew around
my room
before you came

i love how people are telling me
i'm like two, nine years old
i'm eleven
so shut the fuck up

my favorite
fall vegetable is

a sweet potato

bitch
i thought we weren't gonna
steal the bus

bitch
she really got the bus

lebron james

lebron james

lebron james

lebron james

lebron james

max stein

yah
yah yeet
yah

yah
yah
yah yeet
yah

hit it for me one time
ah
hit for me two time
ah ah
hit for me three time
ah ah ah

let's go

max stein

i eat pears now
and shit like that

shout out to all the
pear

vine and tea

shut the hell up
shut up
shut up

heh heh heh

max stein

can you do a
split on a dick

shit
how the hell
you think you got here

why i just felt
a sudden urge
to put a turkey wing
inside my pussy

max stein

why you need to know
all up in my pussy
boiiii

i love you bitch

oh my guhd

i ain't gon never stop loving you
bitch

let me make this
friggin clear

i am not
a friggin phase

live with it
parents

hey
you smoke weed?

a lot

max stein

why were you watching that?

please
don't tell
MO-O-O-OM

crying inhale

who want
LASAGNA

max stein

unintelligible crying

why you cryin

i wanna smoke weeeeeeed

i was told
by apple care
that i could walk in the store
and get the part

how you get these bumps?
you got eczema?

i got what?

you got eczema?

dad look
it's the good kush

this is the dollar store
how good can it be

huh-ZE

is-
is it real?

just found out
my birthday is the same day
as the day i was born

life is crazy

watch this

oh my-
can you eat pussy like that?

what the fuck
is this allowed?

what the fuck
is that allowed?

stop.

fuck you

FUCK YOU TOO BITCH

kiss my ass
bitch motherfuckerrr

it's fourth of july
i'm ready to pop these firecrackers
don't pop them on me
where the police at

there the police right there

leaps

max stein

you ready to fuckin die

i'm a bad bitch you can't kill me

y'all
this is not lip-gloss

this is chicken grease

smack cam

bitch i hope the fuck you do
you'll be a dead son a bitch

i tell you that

don't ever tell me i'm ugly

cuz asdfghjk
bitch
is you blind

max stein

what's better than this
guys bein dudes

don't even say
nothing to me boy

you look like
a muthafuckin
uhhhhhhhhhhhh

cooking mac n cheese

that's what good pussy
sounds like

i'm washing me
and my clothes
bitch

she drunk as fuck

i'm washing me
and my clothes

max stein

i'm in my mum's car

broom broom

get out me car

two bros
chillin in the hot tub

five feet apart
cuz they're not gay

Made in the USA
Columbia, SC
18 December 2017